꽃향기

꽃향기

초판 1쇄 인쇄 2014년 04월 07일
초판 1쇄 발행 2014년 04월 10일

지은이   박 일 순
펴낸이   손 형 국
펴낸곳   (주)북랩
출판등록   2004. 12. 1(제2012-000051호)
주소   서울시 금천구 가산디지털 1로 168,
            우림라이온스밸리 B동 B113, 114호
홈페이지   www.book.co.kr
전화번호   (02)2026-5777
팩스   (02)2026-5747

ISBN   979-11-5585-196-8 03810(종이책)
           979-11-5585-197-5 05810(전자책)

이 도서의 국립중앙도서관 출판시도서목록(CIP)은 서지정보유통지원시스템 홈페이지(http://seoji.nl.go.kr)와 국가자료공동목록시스템(http://www.nl.go.kr/kolisnet)에서 이용하실 수 있습니다. (CIP제어번호 : 2014011032)

꽃향기

박일순 시집

book Lab

프롤로그

다섯 살이 되던 해, 내 어린 시절을 아련히 뒤돌아본다.

나의 아버지께서는 고향의 기름진 땅과 그 많던 재산을 모두 탕진하시자 병든 아내와 육남매를 거느리고 충북 청원군 옥산면을 떠나 경기도 연천군으로 쫓기듯 이사를 하셨다. 고향을 떠나오는 길이 너무나 고되셨던지, 불행하게도 이사 온 지 1년 만에 어머니께서는 돌아가셨다. 여섯의 어린 자식들과 홀아비를 남겨둔 채 이 세상을 떠나야만 했던 차마 말할 수 없는 한 많은 사연들을 내게만 일러주고 가시려는 듯, 철없이 어린 세 살배기 동생과 겨우 여섯 살이 된 나를 앞에 둔 채로 힘겨웠던 세상과 작별하셨다.

사는 형편이 더욱 어렵게 된 아버지께서는 우리 남매들을 고향의 일가 친척집에 모두 맡겨두시고 홀로 화전민촌으로 들어가셨다. 그렇게 고생하신 지 1년 만에 뿔뿔이 흩어진 자식들을 한데 모아 새로운 삶을 시작하고자 하셨으나 한 번 기운 가세는 쉽사리 회복되지 않았고, 우리 가정은 또다시 처절하고도 힘겨운 고통의 나날을 보내야만 했다.

그 무렵 나는 그나마 어렵게 다니던 중학교를 중퇴하고

일찍이 일터로 뛰어들었다. 한때는 못 다한 학업에 아쉬움이 남아 낮에는 일을 하고 밤에는 야간 학교를 다니기도 했다. 그러나 학문에 심취해 있을 때쯤 다니던 야간 학교가 문을 닫게 되었고 배움에 대한 미련은 어머님에 대한 그리움과 함께 오래도록 내 가슴 속을 떠나지 않았다.

그 후로 우울과 절망은 점점 깊어져만 갔고 동시에 살고자 하는 욕망 또한 죽어가는 나를 가만두지 않아 더욱 비참하고 괴로운 삶이 계속되었다. 그러는 중에도 틈틈이 셰익스피어의 작품들과 펄 벅의 『대지』 등을 읽으며 내 가슴 속 깊은 상처들을 한 줄기 희망으로 바꾸어 나갔고 그때마다 떠오르는 생각들을 글로 표현하며 나 스스로를 위로했다. 글을 쓰는 습관도 그러면서 자연스럽게 생겨났던 것 같다.

극도의 신경 쇠약으로 죽음에 대한 공포가 나를 위협하던 20대 초반에는 산속의 작은 암자를 찾아다니며 미련하리만큼 질긴 이 한 가닥 생명을 끊지 못해 살아보려고 기도로써 안간힘을 쓰기도 했다. 그때마다 느꼈던, 말로는 형언할 수 없는 경이로운 영적 세상과 대자연의 신비 앞에

5

한 인간으로써 겪어야만 했던 고뇌와 고통, 그리고 동시에 자연으로부터 밀려오는 감동의 메시지를 모으다 보니 나름대로 한 권의 시집이 될 만하여 출판을 결심하게 되었다.

　오늘도 나는 '나는 누구인가?'라는 스스로의 질문에 아직도 말문이 막힌 채 자연의 아름다움과 그 속에 살아가는 감사함으로 또 하루를 살아간다.

2014년 봄
박일순

차례

초록빛

이 설움 차마 말로써 다 하지 못할 땐
저 초록빛 바다를 보라.
작고도 아주 작은 땀방울이 모여
드넓은 바다를 가득 메웠나니
나로선 역겨워 마실 수 없는 그 물에
얼마나 많은 생명이 터전을 잡고
즐겨 살지 않던가.

내일이면 갈 곳 없어
방황조차 할 수 없을 땐
저 초록빛 잎새를 보라.
작고도 아주 작은 나눔이 모여
헐벗은 산을 감싸고 있나니
홀로는 감당하기 어려운 일도
여럿이 힘을 모으니
수많은 생명들이 행복하지 않던가.

가을밤 모두 떠나버린 벌판에 나 혼자일 땐
저 초록의 하늘을 보라.

그 푸르름 끝없이 땅으로 향하고 있음에
그 향기로 나는 사느니

내 설움 차마 말로써 다하지 못할 땐…

꽃씨

지져 다오 태양아
나의 몸을.
아무런 때에도 물들지 않은 꽃향기 속에
더 이상 머물지 않도록.
두런두런 나누는 세상 이야기
모두 들었나니
인두질로 뜨겁게
나의 몸을 지져 다오.
이 땅의 것 아무것도 먹지 않고
삼천년을 침묵해온 선사의 뜰 앞에
꽃씨 되어 가리니.

막아다오 바람아
나의 귀를.
멀리, 멀리, 아주 멀리 가버리는
님의 소리 못 듣게.
수군수군 들려오는 세상이야기
모두 들었나니
폭풍우의 바람으로

나의 귀를 막아다오.
세상 소리 모두 듣고
삼천 년을 가르쳐온 선사의 뜰 앞에
꽃씨되어 피어나리.

다물어다오 어둠아
나의 입을.
세상 고통 모두 겪어도
아무 말 못하게.
듣는 이 없어하는 말 모두 들었나니
영원히 밝지 않을 어둠으로 새 아침을 저물어다오.
그들의 고뇌를 풀 수 있는 양식이 될 때까지
아무도 볼 수 없는 열매 속에 무르익어
그들의 삶에 꽃 씨 되어 뿌려지리.

심원사의 새벽 달

1

길 잃은 나그네를 부르듯
심원사 검둥개는 짖어
어디까지 갔었는지
홀로 돌아오는 저 메아리 소리.
이 시에 또
범종은 울려 무엇 하랴.
검둥개야,
무심한 나그네 밤 길 동무는
너도 할 수 있으리.

2

갈 곳 없는 영혼을 부르듯
창 밖에는 검둥개 짖는 소리.
바람 한 점 들지 않는 방 안
머리끝이 쭈뼛거린다.
누가 왔을까 생각 하지만 계속 쭈뼛거린다.
밖을 보니

깜깜한 뜰 앞,
새벽달이 머물러 미소 짓고 있구나.

3
날이 더 밝기 전에
한 번 더 어머님 품에 안겨보고 싶기에
얼음 물 속에 몸을 드리려니
심히 성화시다.
내 또 오리라고,
밤새워 도량 지키던 검둥개
이제 막 잠이 드니
심원사 뜰 앞
어리둥실 날 남겨 두고 가누나.

꽃향기

그대는 누구셨나요.
하늘하늘 꽃이고
푸릇푸릇 잎새이기 전에
그대는 누구셨나요.
추운 겨울
따스한 입김으로도 녹일 수 없었던
눈 덮인 흙 속에서
세상 사람 아무도 듣지 못한
그 한마디의 향기로 피어난 그대를
흙의 향기
비의 향기
낮과 밤의 향이 어우러진
님의 향기였노라고 불러도 좋을런지요.

그대는 누구셨나요.
한 홀 한 홀 꽃이고
연록의 우산 속
한 송이 꽃이기 전에
그대는 누구셨나요.

따스한 봄날

아지랑이의 속삭임,

둔치로 모여든 골짜기의 시냇물 소리 밤새워 듣고

오랜 침묵 끝에

세상 사람 아무도 모르는

그 한마디의 깨침으로 피어난 그대를

법의 향기

진여의 향기

불성의 향이 어우러진

님의 향기였노라고 불러도 좋을런지요.

가을 숲

아침 이슬에 곱게 물든 잎새여,
잊으셨나요
농부의 꿈을…

토실토실 열매 익히느라 누더기 진 잎새여,
많이 늙었구려
어머님같이…

가을 언덕 청솔 나무는
가지마다 솔방울 매달고
님 그리워 잠 못 드나니

찬 서리 애가 타 불러 봐도
눈길 한 번 손짓 한 번 하지 않고
오직 돌아올 님의 기척만을
기다리고 있구려

숭의전 약수

어느덧 백골은 드러나
점점 영혼을 닮아가는 당당한 그 모습.
아무것도 먹지 않아도
두려울 것 없으니
하늘을 날기에 한층 더
홀가분해졌으리라.
내 이제껏 섬기던 님과
그의 고향에서 함께 머무는 것 외에는
세상사 모두 부질없음을.
당도한 숭의전 약수에 목을 축여본다.
그 옛날 즐기고 취하던
술과 같은 약수를
벌컥벌컥 들이마신다.
취해보면 알기에…

삶의 노래

나의 외침은 삶의 노래이다.
일상의 노래이며
고뇌속의 외침이다.
거둔 씨앗을 땅에 심기 전에
세상을 향해 내뱉는 한마디의 노래이다.
생각에서
노래에서
몸의 동작이 시작되듯,
마음에서
눈동자에서
모든 행위가 뇌리에 익혀지듯,
나의 노래는
땅속에 씨앗 하나를 심기 전에
이웃에게 선물하는
삶의 노래이다.

가을 낙엽

가을 낙엽
빈 들에 나부껴도
마음에 부처 있어
외롭지 않네

이 몸
무엇을 찾아
이곳에 왔을까
가슴 저며 생각하니

가을 한 숨 바람에
떨어지는 낙엽,
그 머무는 곳을 보니
아, 고통도 번뇌도
때가 되면 떨어지는 낙엽처럼
가버리는 것을…

거로구나

칼바람에 잎이 닳아
바늘 끝이 된 소나무여
추운 겨울
얼었다 녹기를 백 일
거센 눈보라 속에 잠들어
꿈꾸기를 백 일
살갗은 터
분화구의 숯덩이가 되어 갔어도
그렇게 버텨 맞이한
봄의 햇살에도
크게 기뻐하지 않는
아-
저 고목의 소나무의 삶이
그러했던 거로구나

찰나의 시간이 지날 때 마다
고목의 껍질처럼
누더기 옷 기워 입기를 백 일
거센 폭우가 몰아쳐

바다를 건널 수 없을 땐
홀연한 바위처럼
머물기를 백 일
그 때마다 가슴 속에서
새 움이 돋아나
세상을 뒤엎을 장엄한 힘이 생겨나도
크게 기뻐하지 않는
아-
저 선사의 삶이
그러했던 거로구나

언 땅이 녹아
흙 속에 뿌리내려
비바람 견디기를 백일
알알이 여물어 보는 이마다
고개 숙여 감사하기를 백일
굶주린 인연 찾아
소중한 양식이 되어 갈 때도
있는 것 모두 베푸는

아-
저 씨앗의 삶이
그러했던 거로구나

당신 때문에

이렇게 하루를 굶고도 살 수 있는 것은
당신 때문에…
당신의 그 발자취 때문이었습니다.

이렇게 이틀을 굶고도 살 수 있는 것은
당신에 대한 믿음 때문에…
바로 앞서가는 당신 때문이었습니다.

이렇게 며칠을 굶고도 살 수 있는 것은
당신에 대한 확신 때문에…
저만큼 앞서가는 당신 때문이었습니다.

마음길

세월이 간다고 훌쩍 가버리는 것은
본래 내 것이 아니니
꿈에라도 못 잊어 마시구려.

어제의 고뇌로 훌쩍 늙어버린 모습도
본래의 내 모습이 아니니
꿈에라도 원망치 마시구려.

오늘 이 설레는 모습도
본래의 내 모습이 아니니
공연히 가슴 흔들려
후회 따위 남기지 마시구려.

가는 바도 없고 오는 바도 없이
슬플 때나 기쁠 때나
나와 함께하는 그가
내 마음 안에 있으니…

세월

여보게, 서두르지 말게나.
가는 세월 떠밀어도 보고 붙잡아도 봤소만
꼼짝없는 그 놈을.
우리는 빈 몸으로 왔다가
빈 몸으로 가면 되는 것을
뭘 그리도 남 몰래
꾹, 꾹, 챙겨 넣는가.
가는 길만 고되게스리…

여보게, 막지 말게나.
가둬도 보고 숨겨도 봤소만
잡을 수 없는 그 이를.
우리는 빈손으로 왔다가
빈손으로 가면 되는 것을
뭘 그리도 남몰래
구석구석 숨겨 넣는가.
모두 버려야 할 것을…

나뭇잎

나뭇잎이여!
한여름 소낙비에 흠뻑 젖어 보시구려.
한 줄기 바람에도 맘껏 흔들려도 보고
가을 햇살에 듬뿍 익으시구려.
겨울, 흰 눈 속에 꽁꽁 얼어
봄의 아지랑이 속에서 더욱
예쁜 꽃을 피우시구려.
흔들림이 없는 나무는
뿌리를 튼튼히 할 수 없나니
비에도 젖어보고
바람에도 흔들려가며
더 큰 시련도 견딜 수 있는
큰 나무 되어 가시구려.

사월의 함박눈

그대는 사월의 함박눈을 보신 적이 있나요.
창가에서 서성이다가
가슴을 활짝 펴고 맞아는 보셨나요.
항하수의 모래알같이
솔잎에서 수줍게 머물다
눈물 되어 돌아서는 함박눈을
가슴으로 꼭 안아 보신 적은 있나요.
밤새 덮인 세상의 어둠 씻어내는 흰 눈 속에
깊이 잠들어 보신적은 있나요.

그대는 사월의 함박눈을 보신 적이 있나요.
뜨락에서 서성이다가
가슴을 활짝 펴고 맞아는 보셨나요.
하늘에서 은하수처럼 내려와
반짝반짝 빛나며
앞동산에 잠시 머물다
눈물 되어 흘러가는 시냇물에
가슴을 드리워 꼭 쥐어 보신 적 있나요.

바다에 이르기 전에
논과 밭으로 녹아드는 함박눈의 자취를
조용히 귀 기울여 들어보신 적 있나요.

가을 단풍

가을 단풍이여
먼 훗날 내가 늙는다면
지금의 널 닮겠느니
낯선 여인 앞에서도
내 마음을
그리 표현하고 싶노라.
파란 하늘에 흰 구름을 볼 때도
하고픈 말 대신
지금의 널 보여주고 싶노라.

아침

밤새 아름다운 꿈을 꾸다
아침을 맞지요
해가 뜨기 전에
밤새 꾼 꿈으로
밥을 지어 먹지요
서둘러 책상 앞에 앉아
아침 해가 떠오르길 기다립니다.
그 빠알간 열매를
터트려 보려고요.

이런 사람

두 손 잡으면
화로같이 따뜻한 사람.
곁에 머물면
꽃향기 나는 사람.
가을 단풍 속에
여물이 좋은 콩알 같은 사람.
이제 막 돋아난 새싹처럼
자신의 터를 지키는 힘이
굳건한 사람.

무명의 씨앗

흰 눈이 펑펑
은하수처럼 내리는 날에는
땅의 소리를 들어라.
해충에 물려 신음하던
무명의 씨앗들이
흰 눈 덮고 뻘뻘 땀 흘리는 소리를.

흰 눈이 그치고
앞마당에 대추나무 새 순 얼어 죽던 날
엄마의 슬픈 노래 소리 들어라.
그리도 어여쁜 순이를 못 잊어
뒤뜰에 넋이 돌아와
무명의 잡초로 사는 이야기를

흰 눈이 얼어붙은 개울가에
바다가 고향인 연어의 이야기를 들어라.
푸른 연초밭에서 도란도란
새 집 짓던 이야기를.
지금은 바다로 돌아가지 못하고

오미천 시냇가에
무명의 잡어로 사는
한 많은 이야기를.

철벽산

바람도 지나지 못하고
구름도 넘지 못하는
철벽산이 있다네.

바람도 갈 수 없고
구름도 머물 수 없는
가시밭이 있기에 그러했네.

그 곳에서 나비는 꽃을 찾아 헤매고
꿀벌은 둥지를 짓고 있었네.

태양은 뜨지만 언제나 차갑고
달빛은 비추지만 칠흑 같이 어둡기에
돌아오는 길을 잃고 말았네.

순한 양들아 그럴 땐
물줄기를 따라가라.
바다에도 이를 수 있고
양지에도 이를 수 있으리라.

허공

비 오는 날에는
속삭임으로 말하고
바람 부는 날에는
손 흔들어 말하리라.

칠흑 같이 어두운 밤에는
침묵으로 속삭이고
눈 내리는 날에는
하늘하늘 춤으로 답하리라.

허공, 허공, 허공과 같이
비어있는 그릇 속에
행복이 담기노라고.

그대

그대 잊지 못해 다시 찾으면
부디 날 미워하지는 말아주오.
아니 갈 길 헤매며
방황한 사연 듣고 나면
그대 눈물
아니 흘릴 길 없으리오.

그대 그리워 다시 찾으면
부디 날 서럽게는 말아주오.
그대 그리워 사무친 사연 듣고 나면
그대 사랑
아니 할 길 없으리오.

다짐

나의 다짐은
내 삶의 다짐은
내 터전의 다짐은

가녀린 사과나무를 심어
정성스레 가꾸듯
나의 다짐은
한 생명의 다짐
뿌리의 다짐

평화의 다리

저 바다와 강 사이에
다리 하나면 어디든 갈 수 있건만
어찌하여 영문도 모르는 철새들만
자유로이 오간단 말인가.
보라.
오늘, 이 몸 당당히
날개를 접고
저 다리를 건너보리라.
엄숙한 침묵에 땅이 꺼져
옛 형제들은 기뻐 달려오나
총구 앞에 놓인 철조망에 걸려
우리 그만 멈춰 서야만 했으니.
아, 자유여, 평화여…
너만이라도 끝까지 달려가
언젠가는 이루어질
꿈의 그 날이
멀지 않았음을 전해다오.

꿈이 사라질 때는

꿈이 사라질 때는 이 땅의 젊음을 보라.
저마다 여물어 소중하거늘.
꿈이 사라질 때는 저 높은 하늘을 보라.
푸르게 펼쳐져 끝이 없나니.
꿈이 사라질 때는 저 바다를 보라.
부서져 물거품이 되면 또다시 일어서니.
보라,
모두들 너의 용기만을 기다리고 있지 않는가.

꿈이 사라질 때는 저 하늘의 별을 보라.
매일 밤 못 잊어 다시 뜨고 또 뜨거늘.
꿈이 사라질 때는 저 강물을 보라.
끝없이 흐르고 흘러 낮은 곳으로 가나니.
꿈이 사라질 때는 아침 이슬을 보라.
먼 곳에서, 아주 먼 곳에서
다시는 돌아갈 수 없는 길을
오직 널 위해 찾아 왔으니.
보라,
모두들 너의 꿈이 사위지 않기를 바라고 있지 않는가.

인증표

이른 새벽
방바닥에 흩어진 옷가지를 주워 입는다.
그토록 사랑했으면서
사랑한다는 그 말 한마디조차 할 수 없이
가난했던 때를 생각하며
티끌모아 태산이라는 좌우명 앞에
정중히 나의 인증표를 붙여둔다.
나보다도 외진 구석에서 한마디 불평 없이
잠자는 아내의 볼을 쓰다듬으며
사랑한다는 속삭임 대신
주름진 입술 위에
나의 인증표를 겹겹이 붙여둔다.
서둘러 세수를 하고
잠자는 아이들의 모습을
꾹꾹 눌러 가슴에 새기며
두 눈을 질끈, 입술을 깨물며
곤히 잠든 볼 위에도
사랑의 인증표를 조심스레 붙여본다.
앞마당,

내 심장보다도 늙어 빠진 자동차에 시동을 걸며
나의 삶,
그 낡고도 오랜 흔적들에
인증표를 하나씩 붙여나간다.

그대여

그대여,
여기서도 들을 수 있다오
천상의 소리를…
마음 고요히
귀 기울이면.

그대여,
여기서도 볼 수 있다오
당신의 모습을…
마음 고요히
두 눈 감으면.

흙

나는 살아있는 일체의 것을 거부한다.
꽃잎에서
초록에서
열매에서…
떨어진,
한 줌의 재가 될 낙엽만을 원한다.
또다시 싹틔울 씨앗을 위해.

나는 살아있는 일체의 것을 거부한다.
생명에서
열정에서
결실에서…
버려진,
한 줌의 흙으로 돌아갈 육신만을 원한다.
또다시 태어날 거룩한 생명을 위해서.

여보게

여보게,
한 줄기 바람이
왜 그리도 시원한 줄 아는가.
정처 없이 불고, 또 불기 때문이라네.

여보게,
시냇물이
왜 그리도 맑은 줄 아는가.
정처 없이 흐르고, 또 흐르기 때문이라네.

여보게,
그대는
왜 나그네인 줄 아는가.
정처 없는 구름처럼 가고 또 가기 때문이라네.

여보게,
허공이 왜 그리도 맑은 줄 아는가.
쉴 새 없이 닦고, 또 닦은 마음 때문이라네.

씨앗

움튼 떡잎을 보기 전에는
이름을 지을 수 없습니다.
자라서 꽃을 피워내기 전에는
향기를 맡을 수가 없습니다.
열매를 맺어 거두기 전에는
헤아릴 수가 없습니다.
가마솥에서 익기 전에는
그 맛을 알 수 없습니다.

사월의 향기

가난한 자들이여,
사월에 잉태되어
산머루와 같이 익어가소서.
멍에를 맨 소
온종일 채찍에 아파하니
씨앗 뿌리는 농부
밭이랑 세며 세월만 지세고
고향에 둥지 찾는 새
먼 길에 슬피 울어 가슴 아파하니
해 저무는 손짓에
여물 삶는 굴뚝 연기 향이 짙어
채찍으로 멍든 하늘
스르르 잠이 들 때
슬픈 채로 눈을 감는 멍에 맨 소여,
사월의 향기는
그대의 땀으로 인한 것이리라.

해와 달

저 늙은이
죽도 않는 늙은이
하는 일 없이 뒷짐 지고
온종일 장독대 맴돌더니
산 넘어 할멈 느릿느릿
마중 가네…

저 늙은이
노망난 늙은이
하는 일 없이 뒷짐 지고
온종일 지심밭을 서성이더니
오도 않을 할멈 벌써
마중 가버렸네…

꽃잎

꽃잎 돋은 나뭇가지
먼 산이 어두워 와도 기쁘다.
흙의 고마움을 아는 농부
온 종일 땅을 굽어 살피니
설 한풍에 티끌처럼 돋아나
대지의 잠을 깨우는 것은
오직 너 뿐이구나.
아, 봄의 꽃잎이여
어둠도 너의 향기에 취해
쉬이 잠들지 못하고
달빛도 낮게 드리워
긴긴 밤을 함께 지새우니
아, 봄의 꽃잎이여
나는 너를 맞아
한 잔 술을 청하누나.

여겨주오

내 몰골
정처 없이 떠도는
구름이라 여겨주오

내 마음
소리 없이 불어와 낙엽 흔드는
바람이라 여겨주오

내 발자취
세찬 바람에도 흔들리지 않는
이정표라 여겨주오

내 하얀 입김
꽁꽁 얼어붙은 세상을 녹이는
화롯불이라 여겨주오

수호신

얼마나 많은 날들 속에서
그토록 소중한 넋들이 떠난 후에야
그 삶이 진실함을 알았으랴.
얼마나 많은 얼을 잃고서야
그 사랑의 진실함을 알았으랴.
단두대의 칼날에도 굽힘이 없었기에
이 땅에 자유와 평화는
그들로 인하여 지켜지고 있음을.
얼마나 많은 날들 속에서
고뇌를 거듭해야만
그 은혜를 알 수 있으랴.

백로

푸른 하늘에 구름인 듯
물 위에 조각돌은 흘러가고
작은 조각배 위에 사공
긴 다리로 노를 저어
여울 가에 이르면
조각배에 쫓겨 온
은빛 물고기
흰 명주실 드리운 그물에 걸려
파르르 떨다 잠들면
은빛 물고기야
깊은 바다 너의 고향으로
너의 넋을 돌려주리라.

물 위에 구름인 듯
조각돌은 떠내려가고
작은 조각배 위에 사공
돛을 높이 세워 바다로 나가면
작은 물고기 떼 조각배 따라
낯선 타향으로 떠나니

갑판 위 사공
우두커니
그들 가는 타향으로
나도 따라 떠나리다.

나를 찾으면

누가 물어 나를 찾으면
슬프게,
슬프게 울다가
해 걸음에 갔노라고

누가 물어 나를 찾으면
나그네,
나그네처럼 왔다가
바람처럼 사라졌노라고

누가 물어 나를 찾으면
버들잎,
버들잎처럼
비 가리고 그늘 드리우다
가을의 낙엽처럼 쓸쓸히 떠났노라고

누가 그렇게
삶의 고독이 힘겹다고 한 것은
솔바람,
솔바람에 지나지 않는 것이라고

암꿩

봄비 속에서
수꿩 한 마리가 힘차게 운다.
그 옛날
아버지의 목소리같이.

이때쯤 근처 숲에서는
알을 품는 암꿩이
분명
나를 보았으리라.

당신 때문에

떠나오기 싫은 길을
당신 때문에 떠나렵니다.
어진 일 찾아 살라는 당신 성화에
차마 눈물 감추고 떠나렵니다.

조금 더 머물고 싶지만
그리움 때문에 떠나렵니다.
오물오물 닭장 속에서
노란 껍질 깨고 나올 병아리 때문에
차마 미소 짓지 못한 채 떠나렵니다.

조금 더 울고 싶지만
이제 그만 그치렵니다.
당신을 사모하는 눈물
가슴 가득 모아
푸른 호수 이루렵니다.

사리

이 땅에 얼마나 많은 넋이 울고 갔기에
한 줌의 재 속에서 다시 깨어났으랴.

이 땅에 얼마나 많은 얼을 북돋았기에
한 줌의 재에서조차 향기가 났으랴.

이 땅에 얼마나 많은 생명을 돌보셨기에
한 줌의 재마저 꽃씨가 됐으랴.

새벽하늘

산은 깊이 잠들었고
하늘에서 별들은 내려왔죠.
발걸음 들킬까
바람은 소리 내어
근처 낙엽을 흔들어주었죠.
바닷가 파도는 누군가에게
힘찬 박수를 보내고
하늘의 달은
두 귀를 쫑긋 세워
이 땅의 누군가를 찾아
깊은 밤을 헤매었죠.
별들의 여행이 끝날 때쯤
새벽은 밝아와
이승의 모든 혼제와
하나 되었던 별들은
하나둘씩 하늘로 되돌아갔고
고요하던 세상은 또다시
요란스러워졌죠.

나이

나이 스물
저울로는 잴 수 없는 무게
황금과도 바꿀 수 없는…

나이 서른
봄비에 흠뻑 젖은 씨앗
값으로 매길 수 없는…

나이 마흔
하늘을 받들어도 휘지 않는 기둥
바로 그대였음을…

가을 낙엽

밟지 마소
가을의 낙엽일랑
세월에 버려져
거리에 뒹구는 것 같아도
한 줌의 재가 되기 위한
방황이라오
한 자락 새벽바람에 나부낌은
삶의 고뇌에 덮인
멍에를 벗기 위한 것
그러나
이제 곧 머무리라
헐벗은 채 울고 있을
나무뿌리에
한 줌의 재가 되어…

가버린 여인

바람이 불어와
속삭이네요.
달그락, 달그락
창문을 두드리며
한숨만 짓기에
미워서 그만…

왜 그랬을까
그 아픔
물어야 했는데

아-
그 때 그렇게
바람과 함께
가버린 여인이여.
이 땅에 두 번 다시는 못 올
님인 줄은 몰랐기에
그때의 숨소리조차도
사무치게 그립다오.

동백꽃

너였구나.
뾰족이 입술 내밀어
미소 짓던 이가.

촛불이었구나.
앞마당 활활 타올라
내 소망
이루어주던 이가.

그이였구나.
푸른 법복 붉은 가사 입고서
세찬 눈보라 속에서도
꿋꿋하던 이가.

바로 그대,
동백이었구나.

한탄강의 힘

한탄강이 깊은 속내를 드러내 보이고 있다.
저놈에 강바닥이
왜 그리 넓은가 싶고
그놈에 거센 몸부림에
왜 그토록 가슴을 할퀴었을까 싶은데
칠월 장마의 용솟음을 보니 알겠구나
너의 힘을.
펄펄 끓는 용광로의 쇳물같이
금방이라도 굳어
평화의 땅을 이룰 것 같건만
연이은 폭우로
잠들길 없는 한탄강아!
그 용솟음 그대로 흘러
바다에 이르거라
그 넓은 바다에서는 이깟 폭우로
그토록 분노할 일 없으리니.

풀잎

스님 염불소리 듣는
대웅전 뜰 앞의 풀잎.
아직 꽃피우지 못했기에
염불 듣는 진실함이
가히 알 길 없어라.
잡초인 듯 뽑으려니
아직 꿈 많은 청춘.
아, 풀잎이여
참회진언!
옴 살바 못자 모지 사다야 사바하.

나, 이 몸을
어찌 더럽히랴!
선조의 넋이 담긴
이 몸을…

나, 이 몸을
어찌 더럽히랴!
대대손손 이어나가
세계를 빛내온 그 넋을
어찌 감히
얼룩으로 또다시
더럽힐 수 있으랴!

숲 속의 작은 새

숲 속의 작은 새
사랑으로 노래합니다.
집 짓고
새끼 기르고
비가 오나 눈이 오나
궂은 일 모두 혼자 하지만
즐거움을 나눌 때만큼은
언제나 이웃과 함께 하지요.

그대 멀지 않아

삶도 한때요, 젊음도 한때인 것을…
부디 헛되이 보내지 마소서.
마음이 괴로울 때나
소중한 것을 잃어버렸을 때,
그 시간 속에
좌절의 나무일랑 심지 마옵소서.
때로는
어제의 버려진 시간 속에서
보다 많은 진실을 배우게 되리니
어제의 행복했던 순간보다
오늘의 쓰라린 고뇌를
더욱더 사랑하며 지내소서.
그대 멀지 않아
오늘 이 한 순간의 진실한 고백만이
옳다는 것을 알게 되리라.

묵밭

산비탈 양지
작은 묵밭에
농부의 초가집 대신
산딸기 덤불 우거진
산토끼의 집이
마른 풀잎 속에 숨어 있네요.
작은 숨소리조차
메아리가 되어가는 이곳,
세상 밖의 작은 속삭임까지
모두 들려오는 곳이기에
산비탈 양지
작은 묵밭에
산토끼가 아니면
누가 와서 살겠어요.

느낌이 좋은 날

해가 뜨지 않아도
가슴이 확 트일 때.
바람이 불지 않아도
싱그러움을 느낄 때.
그런 오늘은 왠지
느낌이 좋은 날입니다.

달이 뜨지 않아도
먼 길이 훤히 내다보일 때.
들에는 꽃이 피지 않았어도
향기를 느낄 때.
좋은 꿈꾸기에 왠지
느낌이 좋은 날입니다.

가진 것이 없어도
두려울 것이 없을 때.
가신 지 오래된
어머님이 생각날 때.
왠지
느낌이 좋은 날입니다.

아시나요

아시나요.
더 이상 아무런 생명이 살 수 없도록
강을 얼리고 땅을 얼리고
흰 눈 속에 묻혀
한 줄기 햇빛마저도 쬐일 수 없었던 것은
이른 봄,
더욱 실한 씨앗을 움틔우기 위한
고된 삶의 수행이었다는 것을.

아시나요.
더 이상 아무런 생명이 살 수 없도록
바닷물을 증발시키고 강물을 증발하여
둔덕의 나무
새하얀 뿌리를 드러낸 것은
가을의 결실을
더욱 실하게 하기 위한 터의 다짐이었음을.

아시나요.
더 이상 아무런 생명이 살 수 없도록

고통스럽게 나의 삶을 아프게 하였던 것은
마음의 한 공간을
더욱 아름답게 가꾸어
청정한 밀알을 심기 위한
수행의 가르침이었다는 것을.

님의 소식

오늘 내리는 흰 눈은
하늘 그 님의 소식만 같아요.
까맣게 글씨로 내려오다
겨울임을 알고 금세
흰 눈이 되어버린 것이죠.
흙에 닿아 녹으면
그 때의 사연으로 다시 쓰일 거예요.

오늘 내리는 이 비는
하늘 그 님의 모습이었어요.
선녀로 오시려다
푸릇푸릇한 잎새의 향기에 금세
눈물이 되어버린 것이죠.
흙에 닿아 스미면 가지에
님의 소망이 열매로 맺힐 거예요.

갈대숲 바람

온종일 갈대숲을 서성이는 바람아.
생각이 일 때마다
주섬주섬 이삭 줍더니
스르륵 스르륵 숲길 헤치며
먼 바다를 향해
가버리고 마는구나.

밤 새워 꿈만 꾸던 갈대숲아.
고향이 그리운 듯
새벽부터 가슴 설레더니
해 저녁 바람 길엔 기어코
사그락 사그락 초가집 떠메고
먼 하늘을 향해
떠나고야 마는구나.

빗속의 바람

비는 내리고
바람은 정처 없이 불어간다
빗속을 뚫고 어데로 가는지
나도 한 줄기 바람 되어
빗속을 달려보리라
깊은 산중에
고이 가시려다
가시밭에 멈춰서면
내 님의 옷깃을 끌어 주리라
산 넘어 계곡 아래
온갖 새 소리 가득한 곳까지

호미

흙에 무쇠를 깎아
나의 혼, 나의 피를 흘려 넣으리오
지난날
내 영혼의 상처를 도려내어
지극한 정성으로 함께 심으리오
밤낮으로 품어
씨앗이 움터 자랄 때
내려 놓으리라
내 그간 삶의 고된 짐을

호미를 들라
진리의 도구를
마음 구석구석
영혼 구석구석
잘 닦이지 않는 곳이 있거들랑
무쇠가 닳도록 일구리라
밤낮으로 일구어
은빛 광명이 빛날 때
내려 놓으리라
내 그간 삶의 고된 짐을

엄마의 슬픔

추운 겨울
서럽게 얼어 죽은 가지 끝에서
오늘도 엄마는 슬피 운다.
굽은 밑동은 소의 쟁기로
곧게 뻗은 가지는 대들보로 쓰려고
바람에도 다독이고
비에도 북돋아 봤건만
하룻밤 설객의 칼바람 앞에 가버린 비운이
행여 사월의 마지막 날 살아올까
숲속은 침묵에 잠긴다.
꽃향기의 애도는 향기를 거두지 않은 채
앞서 간 형제의 가지 끝에 머무니
하늘 구름도 내려와
가지 끝에서 함께 피어난다.

이 몸

이 몸 세상에 왔으니
이것 하나 버리고 가리다
쉽게 감동하고 쉽게 기뻐하며
쉼 없이 일하고 쉼 없이 갈망하던
허상의 욕망을 버리고
가을의 낙엽처럼
조용한 숲으로 되돌아 가리다

이 몸 세상에 왔으니
이것 하나 가지고 가리다
꽃향기 속에서도 소낙비 속에서도
못 다 적은 삶의 이야기 적어두고
정열의 몸짓으로 말하는
단풍잎 하나 고이 간직하여 가리다

이 몸 세상에 왔으니
이것 하나 남기고 가리다
고독의 강물처럼 끝없이 흐르던
욕망의 흔적

가을 언덕 위 푸른 솔잎 사이에
고이 남겨두고 가리라고…
빈 것으로 왔다가 빈 것으로 가는 기쁨
내 이제 알겠거니

흰 구름

먼 하늘에 흰 구름 하나
품어도 품어도 셀 수 없는
희망을 간직하고 있네요

먼 산 위에 흰 구름 하나
그려도 그려도 알 수 없는
모습을 간직하고 있네요

먼 바다 위에 흰 구름 하나
지어도 지어도 닮을 수 없는
미소를 간직하고 있네요

나의 집

누가 묻거들랑
이곳이 나의 집이었다고 말해 주오
사방으로 우뚝 선 산기둥 위로
파란 하늘에
흰 구름 떠 있고
밤이면 하늘에
별들이 총총하여
단 한 번도
슬픈 적 없는
나의 집 순욱골이었다고…

흰 구름 방랑자

이 산에서
저 산으로
저 바다 끝에서
하늘로 가려다
망설이며 돌아오는
흰 구름 방랑자여
찾는 이가 누구길래
그토록 거리를 헤매며
비를 내려 씻어도 보고
눈을 뿌려 덮어도 보는가
씻어도 보이지 않고
덮어도 나타나지 않는
그 이가 누구길래
어두운 밤길
달빛에 젖어
그 뜰 앞은
왜 또 서성이는가

무더위

흙냄새로 무르익은 더위가
애타게 비를 부른다
바싹 말라버린 풀잎이 숨을 거두고 있기에
저마다 물을 가둬 쓰느라
거리마다 꽃은 귀하고
축진 열매는 지천이라
강바닥마저도 가슴을 드러낸 채
몸부림치는 고기떼의 슬픔에 넋을 잃고
토해내는 수챗물을 거르고 걸러 먹으니
아, 소낙비여
그대 넋이라도 온다는 기약이 있으면
이 밤 꿈만은 달콤할 텐데

회소

그 누구도 닮지 못했네
그 누구도 따를 수 없었네
어머님의 거룩함을

그 누구도 못 보았네
그 누구도 아는 이 없네
초저녁 밤길에 왔다가
새벽녘에 가시는 어머님의 모습을

그 누구도 듣지 못했네
그 누구도 깨닫지 못했네
어머님의 가르침을
나 홀로 듣고 애태우다
새벽을 맞는 것을
그 누구도 아는 이 없었네

바람아

바람아, 너는 무엇이 되어 가려느냐.
광야의 대지가 권태로워질 때
일체의 것에 혼을 불러 들여
침묵의 숲을 춤추게 하니

바람아, 너는 무엇이 되고파 그러느냐.
더울 때는 시원하고
추울 때는 따스한 가슴으로
광야의 모든 열매를 익혀
일체의 것에 정열의 힘을 불어 넣어
오색의 물결로 춤추게 하니

바람아, 너는 무엇으로 살고파 그러느냐.

나의 행복

나에게 진정한 행복이란
밤새워 나와 내 이웃을 보살피다
함께 미소 지으며 아침을 맞는
그대를 보는 것이라오.

때로는 나의 수레가 무거워
언덕에 멈춰 섰을 때
함께 끌어주며 기뻐하는
그대를 보는 것이라오.

망상과 번뇌에 지쳐 있을 때
그대의 화단에 핀
꽃 한 송이를 들려주어
나의 마음에 행복과 평화가 깃들어 올 때
함께 행복해 하는
그대를 보는 것이라오.

수만 가지 일을 앞에 두고 괴로워 할 때
그대의 올바름 속에서

바른 길을 찾아갈 때
함께 기뻐해 주는
그대를 바라보는 것이
나의 진정한 행복이라오.

너는

내 얼굴
너는
형상 없는 무덤
두 눈동자는 무덤 위에 뜬 별
몰골은 저승길의 전도사 같으나
밤마다 영혼을 반짝여
극락 가는 길을 찾는다

내 마음
너는
갈릴레이 호수
모여드는 샘물
새벽마다 퍼 올려
목마를 땅을 적서준다

내 땀방울
너는
사막위의 오아시스
먼 곳까지 그 향기가 번져나가

모래알보다 많은 꿀벌을 모아 들인다

내 일상
너는
사막 위의 낙타
굼벵이보다도 느리게 걸으며
세상 모든 것을 익혀간다

올빼미

낮에는 꿈꾸고
밤에는 하늘을 나는 올빼미여
나의 님도 너처럼
밤하늘을 날아오시리라.

진득한 어둠이
골목 어귀에 달라붙어
모든 것이 걸음을 멈추어 갈 때
단 하나
살아서 움직이는 것이 있으니
그것은 바로
나의 님이시리.

하루 한 걸음

하루 한 걸음씩만 다가가리라
저 무덤 곁으로.
몇 생을 더 닦아야
온전한 무덤을 지을 수 있을 것인가.
하루 한 걸음 아니면
한 눈금씩만 다가가리라.

하루 한 겹씩만 펴드리리라
어머님의 주름살을
온고지신의 진리
한 올 한 올 쌓인 그 지혜
한꺼번에 들으면 모두 잊을 것만 같아서
하루 한 겹씩만 가슴에 담아
어머님을 닮아 가리라

하루 한 걸음씩만 보내드리리라
님의 사랑을
가을 단풍처럼 가슴 깊이
곱게 곱게 물들었으니

하루 한 걸음씩만 보내드리면
내 더딘 걸음으로도
따라갈 수 있으리라.

고백

텅 빈 세상 속에서
당신을 처음 보았을 때
나는 가장 행복했습니다.

고뇌 속에 무너져
아무런 의욕도 가질 수 없을 때
당신이 너무나도 또렷이 드러났습니다.

다시 용기를 내어 살 수 있었던 것은
당신 외엔 또 다른 의미가
나에겐 없음을
깨닫게 되었을 때였습니다.

나는 당신으로 인해서만
행복할 수 있음을 깨닫게 된 것입니다.

왜가리

날은 궂은데
삿갓은 간 데 없고
누더기 두루마기 위로
빗방울은 구슬처럼 흘러 땅에 스미니
비는 내려 해 저문 아침에
시를 읊듯
저 청승은 웬 말인가!
아, 고독한 존재여
그토록 비에 젖어 우느니
지팡이를 높이 세워
집이나 한 채 짓세나.

해 저문 아침
삿갓은 간 데 없고
오랜 침묵에 못 견딘 몸부림이
고작 눈 한 번 깜빡이는 것
아, 그것은
산천을 울리는 진념의 외침소리
비는 내려 해 저문 아침에

그토록 고독한 꿈을 꾸느니
하늘 높이 날아올라
드넓은 세상이나 한 번 더 구경하시게나.

인생이란

인생이란
후회와 뉘우침을 다 한 후에야
행복이 무엇인지를 알 수 있나니
무엇보다도 지난 세월
부족했던 자신에게 충실하라.
가을이 오기 전에는 결실이 없듯이
지난 세월
그대의 삶이 고통스러웠다면
지금 이 순간을 가을이라 믿으라.
밭을 가는 수고와
씨앗을 심는 정성과
가꾸며 기다리는 인내의 시간이 없다면
그대의 뜨락엔 잡초만이 무성하리라.
또한 인생이란
시작하는 순간이 중요한 것이리.
시작은 과거를 땅에 묻는 것이며
동시에 결실의 시작이 되기도 하니
참된 인생이란 오직
사랑함이 시작이며
끝이 되어야 하리라.

세월

세월이여,
너는 늙지 않는다 할지라도
나는 늙어 오늘의 너를
두 번 다시는 못 보게 되리라.
새로운 날들이
또다시 찾아온다 할지라도
오늘 이 자리에 두 번 다시 오지 못하니
나는 고독의 꿈을 버리지 못해
날마다 날마다 새롭게 늙는다오.

사랑이여,
너는 변하지 않는다 할지라도
나는 변해 오늘의 너를
두 번 다시는 사랑하지 못할 것이다.
새로운 사랑이
또다시 찾아온다 할지라도
두 번 다시는 너를 마주할 수 없으니
나의 삶은 권태로워
날마다 날마다 꿈만 꾼다오.

눈길

흰 눈을 벗 삼아 걸었죠.
흰 눈을 뒤집어 쓴 나무들
모두 하나 되어
나를 반겨주었죠.
세상 끝보다도 더 멀리 가보려다
그만 잠이 들고 말았죠.

가슴 깊은 곳에

보지 않으리라
아지랑이 속의 햇살을
땅 속 깊이 활을 당겨
얼음이며 찬 서리가 맞고
조용히 숨을 거두니
참회하는 마음으로
새봄의 나날을 맞으리라

들이밀라
한여름의 소낙비 속으로
덕지덕지 가뭄의 애벌레가
목말라하니
가슴 깊숙이 모아들여
깊은 호수를 이루리라

모아들이라
오색의 가을 햇살을
흙의 향기 가득 베어
가슴속 열매마다

오색 양분 가득하니
곳간에 차곡차곡 쌓으리라
설한중의 햇살이
땅의 생명을 기루지 못할지라도
가슴 깊은 곳에 사랑하는 마음만은 변치 않고
영원하리라

한탄강의 꿈

한탄강이 줄기차게 흐르는 곳
한반도의 중심 로하스 연천
얼음 밑을 꼬르륵이며 흐르는
애달픈 설움
할 말이 많아도 너무 많아
아예 잊고 살자고
한탄강은 말한다.
허나 우리 언제쯤 손을 잡고
세계 속을 누비며
대한의 향기를 함께 나눌 것인가.
그 날을 기다리며 흐르고 또 흐르는 것
그런 고독의 꿈을 안고 사는 것이
한탄강의 애달픈 설움이구나.